目次

現代短歌クラシックス10

窓、その他

内山晶太

III

I

たんぽぽ

たんぽぽの河原を胸にうつしとりしずかなる夜の自室をひらく

舟ゆきてゆりあがりたる池の面は眠れる人の顔にあらずや

口のなかに苺の種のよみがえるくもれる午後の臨海にいて

通過電車の窓のはやさに人格のながれ溶けあうながき窓みゆ

抜け落ちてゆくかなしみの総量をしらず昼間の部屋にふるえつ

たんぽぽはまぶたの裏に咲きながら坐れり列車のなかの日溜まり

掲示板に電光ながれゆくさまのなめらかなりき冬を思えば

遮断機の警鐘鳴りていくつもの余韻はくらき海を見せたり

首のちから

空間に手を触れながら春を待つちいさな虫の飛んでいる部屋

春の雨こすれるように降りつづくほのあかるさへ息をかけたり

たばこ買いにゆく真夜中を「売切」の文字そのものが灯るおそろし

春の日のベンチにすわるわがめぐり首のちからで鳩は歩くを

あとさきもなく燃えさかる紙というものの性質を夜半思い出づ

船橋に目を見て渡して無視さるるティッシュ配りの人の目を見き

さみしさも寒さも指にあつまれば菊をほぐして椿をほぐす

かけがえのなさになりたいあるときはたんぽぽの花を揺らしたりして

思い出よ、という感情のふくらみを大切に夜の坂道のぼる

ブランコを全力でこぐたのしさは漕げばこぐたびはなひらきゆく

窓、その他

夜はビルの丁寧なひかり尋ねれば窓になりたい窓もあるべし

ドーナツの穴の向こうに見えているモルタルの壁はなみだあふれつ

手をつなぎたくなる夜の風よるの風上にくらやみは帆を張る

気づかざりし眼下は線路おびただしき薄緑色の窓ながれおり

夏過ぎてゆきたる日々を倒れゆく心のなかのトミー・クーパー

曇り日は金木犀のくだる香の数珠つながりに鼻はよろこぶ

蚊に食われし皮膚もりあがりたるゆうべ蚊の力量にこころしずけし

涙目の少女ひとりをおおいなる夕映えのなかに取り落としたり

タワーレコード渋谷店そのシースルーエレベーターに触るる桑の枝

薄緑色に窓ながれさりこの月日さえ緻密なり菊のごとくに

おしろいばなの匂いおもたく路地をゆき滅私のこころ流れ寄りたり

四階の窓のむこうに老人の気配の綿毛ひかりつつ浮く

麒麟の画像

足の先きりきりとしてこの部屋は寒さが昭和と思いいたりぬ

観覧車、風に解体されてゆく好きとか嫌いとか春の草

旗を見るようにみているはるかなる麒麟の画像はおおかた光

白夜

駐車場に夜はながれてあらがえるくさむらの暗き光沢は群る

背中まるめて歩くひとりはだれだろうひかりのなかの蟹のほとりを

水仙の花さくうしろ枯れ尽くしへクソカズラが滝のごとしも

踏切に戦車のような部分あり冬の日差しはかぶさりながら

『仰臥漫録』読みながら夜の明けるころ「鼻糞をせせる　鼻血でる」あり

てのひらに貰いしお釣り冬の手にうつくしき菊咲きていたりき

自転車の灯りとなりて過ぎてゆくものを暮らしのお守りとして

したたかに疲るる帰路をピロリ菌このゆうぐれのいずこに唄う

楽曲のなかに落ちゆく稲妻を待てりなまぬるき観客席に

水仙とナチスがひびきあうことを走る列車に反芻しおり

降る雨の夜の路面にうつりたる信号の赤を踏みたくて踏む

「疲れた」で検索をするGoogleの画面がかえす白きひかりに
鉄道のなかに白夜があるという子どもの声すわれの咽喉より

速度にすぎず

コンビニに買うおにぎりを吟味せりかなしみはただの速度にすぎず

位置を変えゆうべの闇に向きあえりほたるぶくろのようか私は

床に落としし桃のぬめりににんげんの毛髪つきて昼は過ぎたり

眩暈

ほほえみが頰を壊してゆくことを秋半ばしろく繊き雨降る

列車より見ゆる民家の窓、他者の食卓はいたく澄みとおりたり

海辺《かいへん》のさむさのなかに立つ人は病院めきてゆけり数秒

木犀の冬の青葉の角をまがり手の鳴るほうへわたしは歩む

よみがえるこころ、車窓を信号機のうつくしく過りゆく転瞬を

夏が来れば忘れてしまう冬の海にビニール袋、海草うかぶ

やわらかき粘土のような海の色を見つめつづけていれば眩暈す

ハバロフスク

せつなしとプラスチックのスコップで土を掘りたしあたたかき日に

湯船ふかくに身をしずめおりこのからだハバロフスクにゆくこともなし

鍼灸院の案内板のうらがわの錆を思えり雨のなかにいて

はつふゆの朝陽がこころもとなくて髪のきれいな人を撫でたし

朝顔は冬にちいさく咲きつげりその濃紺が指にはりつく

閉ざしたる窓、閉ざしたるまぶたよりなみだ零れつ手品のごとく

わが胸に残りていたる幼稚園ながれいでたりろうそくの香に

森のなかのベンチに冬の陽は降れり思し召しなりこの白濁も

髪飾り

陸橋のうえ乾きたるいちまいの反吐ありしろき日々に添う白

濁ることのふかさといえど雑居ビル四階のミサにこころ涵すも

終電に目瞑りながら立つことをハイビスカスの髪飾り幻《み》ゆ

賛美歌のひびきゆたかに肉声の張りつく窓をふとも怖るる

つり革よりほどきてゆける掌《てのひら》を皮膚のむこうの夕照にじむ

連翹は闇に怺《こら》えて点りおり一生に受くる春の数ほど

砂の風葬

人界に人らそよげるやさしさをうすき泪の膜ごしに見き

夕闇のおさなき闇よ、 かすみ草さわだつごとく人は群るるを

くびすじに触るる夜風を人としてすずしき肉をふかく憐れむ

いつか泣く日々ちらばりて見ゆるなり木の間隠れの街の明かりが

みずからを遠ざかりたし　夜のふちを常磐線の窓の清冽

野良猫のしずかな嘔吐、生きてゆくことのしずかな循環として

表情を外して立てる海辺《かいへん》にすずしく砂の風葬つづく

まなざし

晩年のまなざしをもて風うすきプラットホームに鳩ながめおり

叙情なき日々、街灯に照らされてひとところ蒼白の路地ある

夕闇の気配ひろがる午後五時の澄明、ひろき窓を隔てて
自暴自棄になりてようやくかがやけるこころなど春の発見として

はるなつあき

冬知らぬままに逝きたる仔猫なり草の実ほどの過去をのこして

わが死後の空の青さを思いつつ誰かの死後の空しかしらず

打ちよせてくる夕空のかなしさに絹のようなる白き花さく

お魚のように降るはな　一生の春夏秋《はるなつあき》を遊びつかれて

日記にしるす

冬のひかりに覆われてゆく陸橋よだれかのてのひらへ帰りたし

帰宅とは昏き背中を晒すこと群なしてゆく他者の背中は

水面にゆまり降らしむきららかにあるべき日々はとうに過ぎたか

無防備に生きてゆきたく思う日を水にそよげる芹若葉あり

花摘みて花に溺るるたのしさをきょう生前の日記にしるす

逆光にくろきわが手をことのほか蔑みながら昼の砂浜

ごちそぅの夢

いっぽんのマッチを擦って見るゆめは見てはいけないゆめ　そうですか

たんぽぽを愛さず　愛さるるのみの寒き男に寒き霙を

さびしさに死ぬことなくて春の夜のぶらんこを漕ぐおとなの軀

わたくしに千の快楽を　木々に眼を　マッチ売りにはもっとマッチを

見ゆるもののなべてを許すこころとは　成層圏を渉る紋白蝶《もんしろ》

忘れたい　夕の鏡のまぶしさに両眼を押しあてて　忘れたい

ごちそうの夢と一生と引き換えにゆくたんたんと靴を鳴らして

だれのためでもなくて

ライターの炎ふたつを重ねおり抱かぬままに人と別れて

影絵より影をはずしうつしみはひかり籠れる紙に向きあう

足下の木の実を磨きひとつずつ野に戻すだれのためでもなくて

手袋

冬空を叩きて黒き鳥がゆく一生は酸しとおもう昼過ぎ

夕光と起重機あわく韻きあう人界にいま人は見えざり

にんげんの顔のゆがみを忠実にヨセフ描かるヨセフ物語に

舗装路に雨ふりそそぎひったりと鳥の骸のごとく手袋

噴水

カーテンに陽はあふれつつまぼろしの痛みに沈むベランダが見ゆ

栗を剝く人のうつむきあるときは知らずの奈落覗きつつ剝く

まなざしのふかきに触れてしびれゆく風の祭りのはるかなる窓

海に来て菓子をひらけば晩年はふと噴水《ふきあげ》のごとく兆しぬ

どうであれ陳腐を恋えりあたたかくかさねるための手がここにある

乾きたる冬の日差しのように散り古き映画のなかに雨脚

かたばみ

口内炎は夜はなひらきはつあきの鏡のなかのくちびるめくる

帰路いじる携帯電話の液晶にかもめ乱れて飛ぶ冬の空

夜のみずながれてあれは鼠なりなめらかにありし二秒の鼠

砂浜をマハトマ・ガンジー走り切るうつつはあらず海藻の散る

なにげなく離したりし手は遠ざかりもはや野生の鳥のごとしも

すばらしく晴れたる冬の岸しずか蟹さえわたしを離れたりけり

歳末となりぬるを陽はちりぬるをかたばみばかりちんまりと老ゆ

口あけて降る雨食べている人の咽喉はおおむね無防備にして

かたばみのほのぐらき葉の群がりに指先ふれてわが声終わる

沈丁花みえて阿修羅をおもうこと稀にしてしかし忘れがたしも

かまきりのいなくなりたる植え込みのかさかさと冬の葉は疲れたり

かたばみは上のほうから亡骸なり春に入りゆく風景のなか

花模様

カーテンはひかりの見本となりたれば近寄らず見つ昼のなかほど

この二年、この二年とてのひらを合わせてしずむ夜半の湯船に

さくらばな浮かべる川の光りては和菓子を思わせながら昼過ぐ

スプーンの銀の花模様まぶしさに押し切られ特にゆくところなし

思い出が油となりて流れだす夜を釣り人のごとく立ちおり

隣席の他人の咳はわが肉にひびきて越ゆる鬼越の駅

オランダにかなしみのある不可思議を雨の彼方の観覧車まわる

II

コラール

雨の舗道に落ちしはなびらてんてんと思いはやがて鞠麩へおよぶ

ぶらんこの憔悴ふかき丑三つのひかりのなかに人影はなし

コラールを聴く夜おのずとひらきゆく指よりコラールはあふれたり

手紙いちまいポストに落とし歩きだすまだかろうじて明るい帰路を

うずくまる一人のごとき量感を夕の畑に紫蘇の葉しげる

音無の上野公園に風あふれ人の帽子は飛んでゆきたり

戸袋よりキイロスズメバチ出撃せる夏過ぎてそこにスプレーを噴く

諍いのさなか機械音のごとく鳴る猫の声あり夜窓のむこう

プロレスを見ざる日々にてオクラホマ・スタンピードを見ることもなし

傘さして家のめぐりを歩みおり無花果に降るまよなかの雨

曇り日の濃淡うすきゆうぐれを病みたる鳥も空ながれたり

かがやける陶器の底にかがやける海老の殻ひとつ、飲食終えぬ

家の影かぶさるところ情感をたたえて青き菊群れており

いちにちの長さのなかの数秒はパチンコ台を拝む人見つ

多摩川のみずを見ており体内へ悲喜のほかなるひかりを流す

遊園地にひかりはじけて胸の酸なつかしくながれ出でてわれあり

馬と屋根ひとつながらに回りゆくそのからくりは胸に満ちたり

だれか通るたびわたごみの揺れている夏の終わりは顔面に沁む

夏はみな

夏まひる見渡すかぎりの炎天にサラリーマンは帽子かぶらず

咳すれば肺に銀貨の散るここちせりけりすればするほど貯まる

なきがらの虫は地面に落ちていてひとつひとつが夭折なりき

自販機のひかりのなかにうつくしく煙草がならぶこのうえもなく

電車ゆれてゆめうつつなる目におもう青き靴下を履かざりし半生

サラリーマンとなりて歩める二ヶ月間の街の並木は南京黄櫨なりし

レスラーはシャツを破りて瞳孔をひらいてみせる夏の終わりに

とおくより悲観するとき夜の底の花火の在処ひかりていたり

夏はみな遠かりし夏、眼前にかがやくゆりの木を見てあれど

目の奥に吐き気のたまるゆうぐれを歩きおり家につくまで歩く

消費期限十日あまりを過ぎ去りし完璧なるエクレアを捨てたり

グラジオラス

目を閉じて河原まできて目をあけて菜の花の点滴に触れたり

新宿に雨脚しろくメンデルとメンデルスゾーンの違いについて

犬と人つながりながら歩きおり蚊は降りながら死ぬる初秋を

戦時中もグラジオラスは咲きしかとわたしはわたしの涙をながす

桃の汁あふれ肘までしたたれるあらくれて一人桃を食うとき

貝の剝き身のようなこころはありながら傘さしての行方不明うつくし

しじみ蝶ひらめきながら白昼を目先の金のように飛びおり

苺

日雇いアルバイトの指先がひとつずつケーキに苺を置いてゆく夜

あたたかき冬の椅子にて本ひらく十分あらばわれは眠るを

ペイズリー柄のネクタイひとつもなく三十代は中盤に入る

小籠包

ありふれた初秋へ到りてのひらの上かさかさとコンパスまわる

世界地図折りたたみつつ巨大なるグリーンランドありし記憶を

仕事より帰りてくればしたたれる練乳舐めて夜半に入りゆく

思い出の輪唱となるごとき夜を耳とじて耳のなかに眠りぬ

布のごとき仕事にしがみつきしがみつき手を離すときの恍惚をいう

同棲の窓を知らぬをかすみそうあふれたりその窓を思えば

小籠包は紙よりも破けやすくしてはださむき夜の夢に出でたり

ひよこ鑑定士

金木犀の花は左右より香りたりもんたよしのりの歌をうたえば

人を驚かせしのち定位置にもどりゆく無防備の背中いとしみ見おり

にんげんのプーさんとなる日はちかく火の近く手を伸べてぼんやり

いっぴきの蛾の全力であらわれてお寿司のうえをはばたき渡る

梅のはな　冬すぎてなお人はみな首を大切に過ごしていたり

つぼみひらきて裏返るまでひらけるを夜の玄関の百合は筋肉

仰げば尊し手は寒けれど体育館に三百人の息かよいおり

ひよこ鑑定士という選択肢ひらめきて夜の国道を考えあるく

ぶらんこに桜ふる春ていねいに歯の神経は抜かれゆきたり

リネン室

なにということもなき昼の自室にて鏡のごとくなりてわが居り

昼飯を街のはずれに探しつつ新堀ギターの看板ひとつ

なつかしさというほかになし眉間よりいくつかの波紋ひらくゆうべを

枇杷の実を見上げてあればしずかなる安心の降りてくる心地する

駅ビルのよごれた窓にやわらかくあゆむ人らの傘の上下よ

舗道は雨に濡れはじめあわき根菜の匂いしずかに傘をひらきぬ

潮干狩りの帰りのようなけだるさは来ており昼どきの勝手口

アパートの階段を昇りゼラニウムびらびらと咲く湿りにいたり

あわれなるシールのごとき目をもてるオカメインコにゆうべ餌やる

街灯に羽毛のごとくまつわれるひかりをやがて忘れて眠る

うすくらき通路の壁にリネン室げにしずかなり布の眠りは

反芻

ジオラマのなかにちいさき遊園地未来永劫死亡事故無し

夏過ぎてなお夏の日を閉ざしおく虫籠のなかにある涅槃《ニルヴァーナ》

手花火に照らし出さるる微笑みへ劇画のごとくふかき翳さす

日溜まりに置く新聞紙、霊園をあゆむ日のことそのほかのこと

のびやかな影を曳きつつ老い人は午後の日差しに出逢いつづけぬ

テーブルの脚のくらがりひそかなる沼ありてひたす日々の足裏を

手作りのブランコかつてありしこと雨の路上によみがえらしむ

彼岸花あかく此岸に咲きゆくを風とは日々のほそき橋梁

話すように朝のひかりの降ることをカーテン越しの中空《なかぞら》に知る

陽光はまずしき窓に打ちあたり展かるる目のなかの教会

曇天の日の路地にしてままごとのなごりであろう椿置かれつ

日々という日々があまりにおだやかに、陽あたる壁に垂るる蔓草

夜《よる》の窓にすきとおる胸を沿線のしろき枯生がながれていたり

十円玉てのひらに閉じまたひらきくらがりにいる左卜全

虚空に座る

うつくしき庭なりしかど思いかえすターシャの庭は花の爆発

清浄は痛みのうちに宿れると冬の果実を雨は乱打す

金曜の夜となればほくそ笑むやがて輪郭が溶けてゆくような眠り
さようならという言葉かぜにほぐれつつひらかるる清水クーコの笑顔
旋回式ブランコまわりまわさるるひとりひとりが虚空に座る

濁りつつ澄みつつひらく木蓮の白かぎりなく夢に殖《ふ》えゆく

ぶらんこの鎖つめたくはりつめて冬の核心なり金属は

沈丁花、南天と見まちがう暗さ遠さあるいは疲れていたり

夜、マクドナルドの窓に母《はは》子《こ》あり極彩色の日々のさなかを
食卓にしろき指先うごきつつあまりに繊く鶏肉を裂く

割れもの

ただよえる花ひとつずつ享け止めつしめやかにして水を病む河

目覚ましを掛けずに眠りゆくことの至福よふかいところまでゆく

街川の面《おもて》ひしめくはなびらの舟におぼれて死魚すすみゆく

陶製のつめたき馬の首すじに雨すべるさえとおき抱擁

なんという日々の小ささ抱擁をあるいは生の限界として

自瀆にも準備があるということの水のくらやみ蓮咲《ひら》きおり

空中をしずみてゆけるさくらばなひいふうみいよいつ無に還る

割れものの春ようやくに割れてゆく桜花の怒りはてしなき夜を

気づかれぬよう剝がれたるはなびらは眼窩のごとき壺に降りたり

なっちゃんは今

恥ずかしき色に塗られし遮断機も時雨るる午をつつましかりき

陽を受けて揺れる車輌のがらんどう　なっちゃんは今、テストだろうか

錯誤

新しきめがね掛けたるときのよう秋は細部がつるつるとして
眠たさは目が渋くなることであり午後の日差しのなかの純白

晩秋や　シャワー浴びれば転がってゆく鉛筆の幻聴すずし

歌うとき顔が醜くなるひとの多きことふいに小雨散りくる

冬の夜のネオンまぶしく眼球は水面のようにひびくかすかに

午後四時でうすぐらい冬、自動販売機取り出し口からのぞく指先

シートベルトをシューベルトと読み違い透きとおりたり冬の錯誤も

水際の胸

人生はひとつらの虚辞ふる雪の降り沈みゆくまでを見守れば

開かれし傘ことごとくはりつめて飯田橋陸橋を行き交う

労働の夢より覚めし早朝《つとめて》の疲れの対価はるかなりしを

高みへと吹き上げらるるはなびらへ手を振りながらなお生は冷ゆ

笹舟にふたつ桜の舟を乗せ水際の胸のましてひきつる

分かり合うという幻想の絶景に胸ひらきおり桜花のごとく

一万枚の窓

かなぶんの骸の虚を覗きこむまぶしき朱夏の日々のなごりに

籠りいし一日つかのま窓に寄りひかりにすぎぬものばかり満つ

おのずから引き出されゆく追憶に原マルチイノありて寒しも

生誕から一万日

かなしめる昨日もなかば透きとおり一万枚の窓、われに見ゆ

いちにちにひとつの窓を嵌めてゆく　生をとぼしき労働として

観音を背に彫らしめて　少女期の悲はやすらかに身の丈を超ゆ

人生のからくりふかきところにて蜘蛛からみあうごとき繊細

さざんかの花享くるたび夕水は撃たるる人のごとくゆがめる

酩酊のこころもとなき歩みにて沈丁花咲く路地に入りゆく

どくだみ

忘却のこのうえもなき安けさにおつり忘れて歩みはじめつ

福音のひびき及ばぬわが部屋を光にしみて朝のパンあり

金属のごとく錆びつくどくだみの葉を冬の雨、フランスに似つ

人体模型

目に蓋のある人体のかなしさを乗せしみじみと終電車ゆく

日常というやわらかき地獄にて二匹の蟻を水にみちびく

頭よりシーツかぶりて思えりきほたるぶくろのなかの暮らしを

死ののちのお花畑をほんのりと思いき社員食堂の昼

死ぬ術のかずかぎりなき今生をひしめきて人ら歩み過ぎたり

つややかに人体模型立ちており手触るる日々を秋の冷たさ

恍惚として泥濘に浸れりとはつなつまひる架空の日記

毛布

鳥人間コンテスト　過ぎてゆく夏のひかりを四方に孕みたりけり

彼方なる家思いおりゆうがたを厳かにしてしじみ煮え立つ

トリノ・オリンピック

氷上を加速してゆく食用のごとき腿見ゆ夜のテレビに

水面に毛布をかけて眠らしめみずからの悲もねむりゆくべし

電話ボックス

夕映えに見つめられつつ手首という首をつめたき水に浸せり

さびしさは教わるものとおそあきの煙雨のなかを杉のひそけさ

秋の日の人恋しさに破裂してしろつめくさの無言をあゆむ

早朝の電話ボックス点りつつひとつ飛ぶ蛾を閉じ込めており

木犀の香のゆらめける路地にでてまた歩き出す、馬のごとくに

飲食のさなかましろき魚の肉に添いたる血管をはずしゆく

無辺

うらわかき宮里藍のかがやきに照らされて月のような私だ

菜の花のはなのさざなみ近づけば他者の唾液の匂いまぶしも

木蓮のはなの終わりをゆうぐれのさむき無辺に猫の餌ちる

あなたもいつか泣くのであろう少女期の日々の祭りのなかのあなたに

クスクスは衣類の味がするということよみがえり遮断機の前

パチンコの玉はじかれて大方はおぐらき洞へ帰りゆくなり

いくつかの菫は昼を震えおりああこんなにも低く吹く風

エラー

生きていることを忘れてカレーパン食みておりたり稲毛快晴

われひとりを救わんとして夢にわれは二十五万羽の鶏を殺しつ

麒麟二匹やさしかりけり中空《なかぞら》にひとつひとつの脳を捧げて

ショートケーキを箸もて食し生誕というささやかなエラーを祝う

自販機はしろく灯りて並びおり生まれすぎたる人々のため

銀杏の芽ひらく原宿おのずから異端となりて翁あゆむを

紋白蝶《もんしろ》のゆらゆらとせる菜畑を人は導くものにしたがう

檻

嵐やや逸れたるゆうべ水中に垂らしたる乳のごとく雲ゆく

軒下にたたずみながら見上げおり雨というこのささやかな檻

薄紙がみずに吸いつくときのまを何処の死者か肉を離るる

すみやかに夕闇ながれ、流れざる杉の濃闇の仁王立ち見ゆ

泥

おまつりのような時間を生きながら見上げていたり電灯の紐

螢を逃がしてしまうやさしさも長月を経て泥となりしか

Ⅲ

かまきり

椿のはなの蕊をほぐして振りかけて人の夫となりて飯食う

夜明けちかく鍋かさなりている闇の奥処にうすきむらさきの窓

回転式の椅子に乗りつつ本しまうぶるぶると耐えている膝ふたつ

なにとなく椅子は回りてそのうえのわれ回るうすき本をかかげて

全斗煥《ちょんどぅふぁん》[*1]がぜんとかんなりしころ曽我町子[*2]見ては怯えていたり

猫の目の角膜のよきもりあがりを間近に風のゆうがたとなる

日にいくたびか紫に遭う生活と思いながらに六月に入る

五島[*3]くんのシャツの袖口に飛び込みし鮭のかけらの行方しられず

思い出はさわれる昼の盛岡にこの世のほかのごとく遊べり

怒り泣くことなくなりて久しきと朝陽のなかの障子の繊維

フマキラー振り撒きし部屋に足のべて降りしずむ毒の気配みており

製氷皿に注ぎたるみずが反りあがり散らばり夏は烈しきものを

錯乱にほどよく遠くわれはわが髭を剃りたりエ[*4]ル・ソリタリオ

欲望は閃くごとくおとずれて粘土欲しさに巷をあるく

まばたきに押されてなみだこぼれ出づる北原里英[*5]を見たりいくたび

夏なれば塀のうえなるかまきりは触るれば怒る離るればやむ

かまきりのすぐ怒る夏びんびんと生きているものあれば触れたき

フマキラー撒きたる部屋に眠りゆくこの香りなり夏にわがいる

＊1　全斗煥（一九三一〜二〇二一）大韓民国の軍人、政治家。
＊2　曽我町子（一九三八〜二〇〇六）女優、声優。「電子戦隊デンジマン」にてヘドリアン女王役。
＊3　五島くん＝五島諭（一九八一〜）歌人。「pool」同人。
＊4　エル・ソリタリオ（一九四六〜一九八六）メキシコの覆面プロレスラー。
＊5　北原里英（一九九一〜）ＡＫＢ48メンバー。第三回選抜総選挙第13位。

くりかえし

わらじむし湯船の底にゆらめけりさながら冬のはじまりにして

You Tube というものあればあるときは若かりし轟二郎みており

竜田揚げ食みつつうすき嘔吐感、くりかえし花吹雪のなかにいるよう

ひるがお

つかのまをひらく瞳孔が近接し遠ざかる冬の駅のホームに

ゆるみたる目のなかの川見ゆるとき観覧車から剝がれゆく錆

マリー＝クレール・アランそののちバッドニュース・アレンを思い眠らんとすも

水無月はだれのうえにも訪れて湿りのなかに傘ひらくひと

加齢臭、車内にゆれてなつかしいゴンの匂いとなる角度あり

一日中眼を開けながら仕事してつめたいパンの袋をひらく

床に落ちし人毛を掃くゆうばえの深まればまた降り落ちて、掃く

ひるがおは真夜中を咲きふっくらとせる茹で肉を路地に思うも

いちまいの光のようなもの

えごの木にしたたるばかり花みちてみたされぬ我が眸《まみ》は明るむ

壊れそう　でも壊れないいちまいの光のようなものを私に

冬のこと

中空をさまざまの鳩さまよえり羽ひらくとき飛ぶほかになく

信じればやがて喪ういちにちのさむい光のなかに白梅

冬に咲くチューリップの辺、焚く紙のほのおは空へちぎれてゆけり

一年を振り返りやがて口腔にひろがる路地を眺めていたり

チューリップを忘れてしまうまで老いてゆくべし全きほほえみの皺

鳥の死は風にふかれて動きおりその光景を時間が許す

少しひらきてポテトチップを食べている手の甲にやがて塩は乗りたり

落ちていたひよこのぬいぐるみを拾いそれのみに充ちてゆく私生活

舌打ちをくれたる人に舌打ちを与えて去りき雑踏のなか

鶏《にわとり》の筋肉重ねおかれたる聖夜のデパート地下かがやけり

止みがたき怒りをまえにかなしみは忘れられゆく帽子となりぬ

聖職にあこがれながら白昼の歩みは浅き泥濘を踏む

ガスコンロの焔は青き輪をなして十指をここにしずめよという

いっぽんの線香花火を持たせたしストコフスキーのうつくしい手に

夜の雨にほの光る駅を通過せり東北へゆくような恍惚

押さえたるまぶたに見たりらんらんと極微の市松模様あふるる

うつくしく、醜く老いてゆくことも光の当たる角度と思う

アパートのゼラニウムのベランダの降りそそぐ生活感のために

鳩に道を譲らんときをセロファンの陰りに似つつわが胸はあり

藤の花に和菓子の匂いあることを肺胞ふかく知らしめてゆく

むすびあうことの是非など蜻蛉の空飛ぶ体位まぶしかりけり

木香薔薇の花殻は枝にもりあがり触れたくて他者の柵にちかづく

とうふ油あげこんにゃくしらたき漂える夏の夜の夢のなかのデパート

晩年の花火しだれて人毛のごときくらさを帯びたれば消ゆ

牛肉にかすかなる汗の香りありつつしみて夏のゆうべ食みおり

夜更けて鳴きはじめたる蟬のことはかなき冬へ忘れゆくべし

夜の窓に百花みだれてこまやかなる地獄絵図降るゆめのさなかに

昼といえどうすぐらき部屋のひとところ泉に出遭うごとき窓あり

立葵ゆがめる夏のまぶしさにはばたけり一瞬の冬鳥

いくつもの春夏秋冬あふれかえるからだを置けり夜祭りのなか

エルンスト・ヘフリガーの声さむくひびく洋服の垂れさがる自宅に

色彩のごとくなりたる肉体のかなしきちから眠られずあり

拝むべきもののごとくに観覧車まわりていたり冬風のなか

鳥瞰は胸にひろがる酸味とも町並みにこわれものの雪ふる

あとがき

第一歌集を出した頃のことはあまりよく覚えていないのですが、夏の暑い日に敷布団の上に過去の原稿をならべて、くらくらとしながら選歌していたことを思い出します。自分の過去作のまとまりに面と向かい合う時間はおぞましくかつ貴重な時間でした。

歌集を出すということの輪郭がうまく摑めず、生来の腰の重さもあいまって短歌をはじめて二十年がまたたくまに過ぎようとしていた時期に、六花書林の宇田川寛之さんがたびたび背中を押してくださったおかげで刊行できたのが『窓、その他』です。

この歌集を編んでいるとき強く思っていたことは、できるかぎりコンセプトを持たない歌集にしたい、ということでした。コンセプトにはおそらく力があって、その力を借りずに一冊を作りたいと当時のわたしは考えていたはずです。ほとんどそれだけが『窓、その他』で実現したい望みだったように記憶しています。

旧版の刊行からちょうど十年が経ったタイミングで、現代短歌クラシックスの一冊に加えていただくことになりました。

新装版の出版にあたって、書肆侃侃房の田島安江さん、藤枝大さんにはありとあらゆる面でお世話になりました。ありがとうございました。また、「短歌人」「外出」「pool」の皆さんをはじめ、有形無形の刺激を与えてくれた皆さんへ感謝を申し上げます。

本書を手にとり、読んでくださった方々の水面に、何かしらの波紋を生むことができれば幸いです。

二〇二二年十二月

内山晶太

本書は『窓、その他』（二〇一二年、六花書林刊）を新装版として刊行するものです。

著者略歴

内山晶太（うちやま・しょうた）

一九七七年、千葉県生まれ。

一九九八年、第十三回短歌現代新人賞。

二〇一二年、第一歌集『窓、その他』（六花書林）を刊行。翌年同歌集にて第五十七回現代歌人協会賞。

「短歌人」編集委員。「外出」「pool」同人。現代歌人協会理事。

現代短歌クラシックス10

歌集　窓《まど》、その他《ほか》

二〇二三年一月二十九日　第一刷発行

著　者——内山晶太
発行者——田島安江
発行所——株式会社 書肆侃侃房（しょしかんかんぼう）
〒810-0041
福岡市中央区大名2-8-18-501
TEL 092-735-2802
FAX 092-735-2792
http://www.kankanbou.com　info@kankanbou.com

ブックデザイン——加藤賢策（LABORATORIES）
編　集——藤枝大
DTP——黒木留実
印刷・製本——亜細亜印刷株式会社

ISBN978-4-86385-557-1 C0092